秋

Herbst
Hermann Hesse
A Series Edited by Ulrike Anders

黑塞四季诗文集

［德］赫尔曼·黑塞／著绘

［德］乌尔丽克·安德斯／编

楼嘉／译

浙江文艺出版社
Zhejiang Literature & Art Publishing House

提早来临的秋天

空气中已经能闻到枯叶浓烈的气味，
玉米地呈现出一幅空荡荡的景象；
我们知道：下一场雷雨
会将我们疲倦的夏天的脖颈折断。

金雀花的荚果噼啪作响。忽然间
这一切对我们来说显得像神话般遥远。
我们以为今天紧握在手的事物
以及每一朵鲜花都神奇地消失了。

希望在惊恐的灵魂中不安地增长：
她不会太执着于存在，
她会像树一样经历枯萎，
她的秋天不会缺乏庆典和色彩。

§

尽管这些天天气闷热到令人感到透不过气，我却

1

经常外出。我很清楚这份美丽短暂易逝，很快它会离我而去，它甜蜜的成熟会突然化为死亡和枯萎。面对这幅夏末的美景，我竟变得如此吝啬和贪婪！我不仅想要观看一切，感受一切，闻到和品尝这个夏天的丰饶给我感官带来的一切；我还愿无休止地任由忽然而至的占有欲所支配，保存一切，把它们带入冬天，带入未来的日子和岁月，带入老年。我平常并不热衷于占有，分别对于我来说是件很容易的事，我也乐于赠予，但现在的我却被一种急于抓住的心态所烦扰，有时我也会对此付之一笑。日复一日，在花园里、阳台上、小塔楼的风向标下，我一坐就是几个小时，突然间变得无比勤奋，想用铅笔和钢笔、画笔和颜料，试图把角角落落里正绽放的或者即将衰败的珍宝积攒下来。我煞费苦心地描摹花园台阶上的晨影和粗壮如蛇身般盘绕的紫藤，我试图模仿远处山脉在夜晚呈现出来的玻璃色泽，它如呼吸般稀薄，却如珠宝般璀璨。我疲惫地回到家里，非常疲惫，晚上，当把画纸归入画册时，我非常悲伤地发现，我能够记录和保存下来的东西竟如此稀少。

我吃了水果和面包作为晚饭，坐在略显阴暗的房间中，那里正渐渐黑下来，很快，我就得在七点甚至更早之前点上灯，很快，人们就会习惯雾霭和黑暗，习惯寒冷和冬天，几乎忘却曾有一瞬间，世界如此透亮和完美。然后我会花一刻钟时间来阅读，以便思考些别的东西，但此时我只能阅读那些精选的佳作……

当房间渐渐变暗，外面却依然处于万丈霞光映照之下时，我便起身走到露台上，在那儿，我越过铺着瓦片和盖满常春藤的护墙，看向卡斯塔尼奥拉、甘德里亚和圣马梅特，在萨尔瓦托尔的后方，我看到杰内罗索山放射出玫瑰色的光芒。十分钟，或者一刻钟，这份傍晚的幸福只持续了这么久。

坐在扶手椅中，我觉得四肢和眼睛疲惫，但并没有厌倦或愠怒的感觉，而是充满了感受力，我很平静，什么都不去思考。露台上依然留存着太阳的余温，我的花朵沐浴在傍晚最后的霞光里，叶子微微发亮，慢慢睡去，缓缓向白天告别。那棵长着金色尖刺的大仙人掌带着异国风情拘谨地矗立着，稍稍有些不知所措，但她仍然保持独立；我的女友给了我这棵童话般的树，她赢得了我屋顶露台的首席。在她旁边，珊瑚海棠微笑着，矮牵牛的紫色花萼变暗了，而康乃馨和野豌豆，头巾百合和星花早已凋谢。花朵们挤在为数不多的花盆和小盒子里，随着叶片变暗，花朵的颜色开始放射出更强烈的光芒，有几分钟时间，它们就像大教堂里的彩绘玻璃窗一样强烈闪耀着。然后慢慢地，慢慢地，它们逐渐熄灭，每天都死去一小部分，为那伟大而唯一的一次做好准备。不知不觉中，光彩从它们身上褪去，不知不觉中，它们身上的绿色转变成了黑色，它们欢快的红色和黄色变为破碎的色调，消失在夜色中。有时候，一只蝴蝶会在晚些时候飞来，飞到它们身边，或者是一只天蛾，带着梦幻般的嗡嗡声飞来，但很快，这傍晚短暂的魔法时光便流逝了；远处，一排排山峰忽然变得凝重，为黑暗所笼罩；浅绿色的天空中还看不见星星，但能看见从空中匆忙闪过的蝙蝠，转眼间便消失不见了。在下方的山谷深处，一个戴着白色衬衫袖套的人一边走过草地，一边收割着，从村子边缘的一个乡间小屋里，传来模糊不清的钢琴声，令人昏昏欲睡。

当我回到房间点上灯，一个巨大的影子从房间里掠过，原来是一只大飞蛾轻轻盘旋着向绿色的玻璃灯罩飞去。它停在绿色玻璃上，被照得通亮，拍动着它瘦长的翅膀，抖动着细细毛毛的触角，它黑色的小眼睛像两小滴潮湿的沥青一样闪闪发亮。在它闭合的翅膀上，布满了许多像大理石一样精细的花纹，浮现出

各种暗淡、破碎、弱化的颜色，各种棕色和灰色，以及各种枯叶混合的色调，发出丝绒般柔软的声音。如果我是日本人，我会从祖先那里继承大量用以描述这些颜色及其组合的精准词汇，而且我会懂得如何给它们命名。但即便如此，也没有太大意义，就像画画、思考和写作一样。蝴蝶翅膀的棕红色、紫色和灰色色域，已然道出了整个创造的神秘性，它所有的魔力，它所有的灾厄，神秘性借着无数的面孔看着我们，又抬起头来，再次消失不见，我们抓不住任何东西。

（摘自《夏秋之交》，1930）

§

九月

花园在哀悼，
冰凉的雨水渗入花朵。
夏天颤抖着
无声地向着它的终点。

一片片叶子像金色的水滴

从高大的槐树上滴落。
夏天惊奇而虚弱地微笑着
沉入了正在逝去的花园之梦。

它仍然长久地在玫瑰间
驻足，渴望安眠。
直到慢慢地闭上，
渐渐倦怠的大眼睛。

（1927）

§
九月的挽歌

它的歌声庄严地响起
在树林般晦暗的雨中，
森林覆盖的山脉
已披上了令人颤抖的棕色。
朋友们，秋天已经来临，
它已经潜伏在森林边缘
小心翼翼地朝这边窥望；

空旷的田野也正凝视着，

只有鸟儿来拜访。

但在南坡，藤上的葡萄

已经成熟变蓝，

炽热和隐秘的慰藉

藏匿在她们受福的怀中。

很快，一切今天尚且饱满多汁、绿意盎然的，

会变得苍白而冰冷，

死于雾和雪；

只有暖人的美酒和餐桌上欢笑着的苹果

仍然闪耀着夏天阳光灿烂的日子里那样的辉煌。

我们的感官就这样衰老

随后耗尽在踌躇不定的冬天，

对温暖的炭火心怀感激，

欣然接受记忆的美酒，

和逝去的日子里

那些翩翩起舞的庆典和欢乐

在无声的舞动中

幸福的幻影在心头一闪而过。

§

　　我从小就特别喜欢夏秋之交的时光，在这些日子里，对大自然所有微妙声音的敏感，对这场转瞬即逝的色彩大戏的好奇心，对细微变化的过程犹如猎人般的观察和窥探，都回到了我身上：一片提早枯萎的藤叶如何在阳光下扭动和卷曲；一只金黄色的小蜘蛛荡在蛛丝上，从树上倒挂而下，像绒毛一样柔软；一只蜥蜴平伏在石头上，尽情沐浴和享受着阳光；或者一朵淡红色的玫瑰花在枝头凋零，在卸下这份无声的负担之后，枝条又轻松地微微向上翘起。所有这一切通过我孩童时代敏锐而认真的感受力再一次向我言说着，许许多多过往夏天的无数图像又在我内心复活，或明亮或模糊地呈现在变化莫测的记忆之镜上：与捕蝶网和植物学罐子为伴的孩童时光；和父母一起散步，还有我姐姐草帽上的矢车菊；徒步旅行的日子里，从令人头晕目眩的桥上探头往下看咆哮的山间河流，生长在石缝间遥不可及的康乃馨在被河水打湿的崖壁上摇曳；意大利乡村房屋墙壁上绽放的淡粉色夹竹桃花，黑森林中被石楠覆盖的高原上升起的蓝色烟雾；博登湖畔的花园围墙，高悬在轻轻拍打着的水面上，俯视着水面上紫菀花、绣球花和天竺葵破碎的倒影。这些图像虽然形形色色，但它们都有共同的特点：退去的炽热，成熟的气味，发生在正午而且令人期待，宛如桃子柔软的绒毛，美丽女子在她们发育成熟时半梦半醒间的愁绪。

如果现在穿行在村庄和乡间，你会发现在农家的花园里，在闪闪发亮的卡布奇诺玫瑰之间，蓝色和红紫色的紫菀花正在绽放，在珊瑚海棠下，地上铺满了红得甜美的落花。在葡萄园里的一些树叶上，已经可以发现一丝秋色，那种金属般的、暗淡的棕铜色光泽。在依然半生不熟的葡萄当中已经可以看见首批变成蓝色的果粒，那些已经呈深蓝色的吃起来非常香甜。在树林里，槐树高贵的蓝绿色当中，枯枝上金黄色的斑点如号角声般明亮而纯净，时不时可以看到带刺的绿色果实早早地从栗子树上落下。坚韧而带刺的绿皮很难打开，刺虽然看起来很柔软，却能在瞬间穿透皮肤，这些小而结实的果实奋力抵抗着对它们生命的威胁。剥开之后，你会发现它尝上去就像半生不熟的榛果，只是味道更苦。

（摘自《夏秋之交》，1930）

§

初秋

秋天播下白雾的种子，
不可能永远都是夏天！
夜晚用灯火诱引我
早早地从寒冷中回到了室内。

很快树木和花园会变得空荡荡的，
只剩下野生的葡萄藤依然热烈地
围绕着房子，但很快它们的热情也会熄灭，
不可能永远都是夏天。

青春时代让我欣喜的东西，
不再有昔日欢乐的光芒
也无法让现在的我感到喜悦——
不可能永远都是夏天。

爱啊，美妙的光辉，
多少年来燃烧在我血液里的
欲望和痛苦

爱啊，有一天你也会熄灭吗？

§
秋天伊始

　　每当窗外是凉爽的黑色雨夜，雨水在屋顶上持续不断地拍打出轻柔的节奏，我便用色彩斑斓的秋日之思来抚慰我那不满的心，想念着浅蓝色、金色的纯净晴空，银色的晨雾，蓝色的李子和葡萄，红色的苹果和金黄色的南瓜，满是秋色的森林，教堂集会和葡萄酒节。我取来默里克，读起他温柔而光辉的诗作《九月的早晨》：

　　　　世界仍休憩在雾中，
　　　　森林和草地仍沉睡在梦里：
　　　　很快你就会看到，面纱褪去，
　　　　蔚蓝的天空敞开，
　　　　这充满秋天力量的温婉世界
　　　　会在温暖的金色光华中流淌。

§

　　我轻声地诵读大师的诗句，让它们像慢慢啜饮的清澈陈酒一样渗透到我体内。它们很美，有益于我的身心，它们所描绘的美丽、温柔、饱满的秋天——我却并不期待。这是唯一一个我从不期待的季节。

　　但现在夏天结束，进入了秋天。田野里空荡荡的，草地上有一种淡淡的、清爽的金属气味，夜晚天气凉爽，早晨有了雾气，昨天，在一次美好而快乐的山间旅行中，我在陡峭的草地上发现了第一批白色的秋水仙。自那以后，我夏天里的欢畅纵情便结束了；对我来说，一年中最美好的时日再一次过去了……过去了，过去了！几个凉爽的夜晚，几个雨天，几阵浓浓的晨雾过后，忽然间大地就染上了秋色。空气变得更干燥、通透，天空变成了淡蓝色。成群的鸟儿飞过光秃秃的田野，准备迁徙。清晨，第一颗成熟的果实躺在湿漉漉的草地上，树枝上布满了小角叶蛛细密闪亮的蛛网。很快，在湖里游泳和躺在草地上的日子就要结束了，还有船上度过的傍晚，花园里的饭菜，森林的早晨和湖边的夜晚！外面，整个阴冷的夜晚大雨倾盆，冰冷而无情。每年都响起同样的秋天之歌：无奈中老去，无奈中迎接着死亡！我闷闷不乐，嘴里咒骂着，关上窗户，点上一支雪茄，在房间里来回走动，因为寒冷而颤抖。

每年这个时候，让人心动的旅行计划就会在我的脑海中浮现。既然尚有许多温暖的地方，有铁路和轮船，为什么不逃离秋天，缩短冬天的时间？深思熟虑之后，我拿起地球仪，翻出意大利地图，寻找加尔达湖、里维埃拉、那不勒斯、科西嘉岛和西西里岛。圣诞节之前的时间我都可以在那些地方度过！蓝色的大海，阳光照射下的海滩石子小径；在意大利南部沿海航行的汽船和渔船上度过的温暖时光；庄严的棕榈树梢定格在正午深蓝天空中。在秋天来临之前往南走几英里，然后在隆冬时节晒得黑黑的回到家里舒适的炉子旁，这样也不坏。地图上写满了我不认识，但听起来很美的城镇和村庄名，它们会给我带来几天我所期盼的健康和陶醉，而根据我在地球仪上丈量的结果，整个旅程真是出人意料的短暂和简单啊。也许，为了追求温暖，我可以再在非洲停留一下，在君士坦丁或比斯克拉骑骆驼旅行，听黑人音乐，喝土耳其咖啡，欣赏下贝都因人和阿拉伯妇女长袍上的褶裥？

这样的计划完美地填补了一个空虚的夜晚！一张

地图、几本旧课本和一支铅笔——人们可以用它们来打发时间，忘记烦恼，用各种让人激动的想法来装满自己的幻想！

　　每年的这个时候，我都在地图上搜寻那些温暖、美妙的地区，研究船舶路线和价格。但每次我都只是待在家里，并没有去旅行。阻碍我的是一种奇特的羞耻感：享受了美好的日子之后，逃避艰苦的日子似乎是不对的。也许这只是一种合乎自然规律的要求，在经历了几个月的温暖和绚烂之后，在经历了无数舒适、美丽的事物和强烈的感官体验之后，它疲倦了，需要冷静、休息和克制。并不是一整年都是夏天，如非必要，不要人为去延长它。

　　几天的犹豫和不满之后，这些考虑对我产生了影响，秋天开始变得亲切可爱了。我怎么会想到外出旅行呢，因为我不得不和那些我所珍视的、我所感激的事物道别。最后的园圃之乐，草地里最后的花朵，屋檐下的燕子，最后一批飘过田野、翩翩飞舞的蝴蝶。人们开始重新关注每个个体，担心它们成为同类里的最后一个。即使是我们的老式小汽船，我与世界之间的唯一连接，很快也会变少。从十月开始，每天只有一艘船，而在深冬时节，甚至连这艘船有时也会停运。

所有这些，燕子和田野里的花朵，蝴蝶和汽船，都让我倍感亲切，在这个夏天给我带来了无数欢乐；我想抓住它们，再久一点，在它们离开之前，再拥有一次。我多愚蠢啊，尽管如此，多少夏日时光，我仍旧这么待在家里，坐在书桌旁，我错过了多少傍晚和清晨！再会了，你们这些未曾被我享用的日子，如今看来比其他所有日子都要美好和珍贵！

　　道别之后，不受欢迎的秋天带来了新的事物，它们依然值得尊敬：银色面纱般的雾，树叶中的褐色、微笑着的红色，成熟的葡萄，满满的果篮，屋子里灯光下的夜间闲谈，此外，还有奇妙的、令人兴奋的壮丽暴雨，那时海洋和天空共鸣，所有缄默的造物被赋予了声音。现在，每天上午，我都可以全神贯注地享受阳光和雾霭嬉闹的大戏，看着它们在混沌中来回博弈，最终以阳光庄严的胜利而告终。等到十月和葡萄丰收季到来的时候，我们不要因为花费一天时间或一点小钱而后悔，让我们举起一大壶新酒，充满感激地回忆岁月给我们带来的本不该有的快乐和未经寻求而找到的乐趣吧。

（1905）

§

九月

秋天变得无处不在。
不论是紫菀还是大丽花
快乐的脸庞在花园里洋溢着热烈的情感，
然而也承受着隐秘的痛楚。

傍晚时分的山脉沉浸在梦境中
与蓝天交接处显得那么火红和金黄，
仿佛整片遥远的大地
都散发着纯粹的光泽和喜悦。

我的梦境也装点着自身
轻声哼着甜美的青春曲调
头戴花环踏上返乡之旅
安静而庄严地凝视着。

而我能深深地感知到：
我生命中又一段阳光般的时日
正在悄悄溜走

今天、明天很快就过去了。

（1907）

§

九月里的正午时光

蔚蓝的白昼休憩在高空
整整一个小时之久。
它的光芒拥抱了万物，
如同人们在梦中所见：
这个没有阴影的世界，
在蓝色和金色中摇摆，
在纯净的芬芳和成熟的和谐中存在。

如果有一道阴影投在这幅画卷上！

你几乎难以想象，
这金色的时刻
就这样从浅浅的梦境中苏醒，
她笑得越来越安静，显得越来越苍白，
周身的阳光也变得越来越清凉。

§

　　在这样一个秋天的早晨，天空就像一颗精致的蓝宝石，那么明亮、晶莹！在图宾根时，我常常可以在这个时节骑马出去，在这里却是不可能的，但也不缺少美好的事物。蓝黑色的冷杉林散发着芬芳，外围镶嵌着一圈在缤纷的秋色中闪耀的灌木丛。我可以听到附近河堰里潺潺的流水声。这安静、清澈的早晨时光，每天都像是一份可爱的礼物，供我独自享有。如果你在这里，我们可以一起爬上山坡，穿过花园，走到森林边缘，俯瞰整个山谷。如果你在这里该多好啊！

（摘自《一封书信》，1907）

§

　　九月初，多雾的早晨又来临了。最初的几天，它们令人压抑、阴郁和悲伤，因为盛夏早晨明媚的蓝色和红棕色仍鲜活地存留在人们的记忆里。而它们给人寒冷、沉闷、忧郁，早早显露出秋意的感觉，让人开始萌生一种对温暖的客厅、灯火、昏暗的炉灶、烤苹果和纺车惴惴不安的渴望，这些念想每年都来得太早，水果和葡萄丰收时的那几个充满欢乐、多姿多彩的星期会再次将它们驱散，并把它们转化为一种深思熟虑后使人倍感温暖的收获感和平静感，而在这之前，总会首先迎来第一场秋雨。

现在，人们已经习惯了湖面的雾霭，认定在中午之前是看不到太阳的。而有心的人则心怀感激地享受着这些灰蒙蒙的早晨，聚精会神地享受着它们影影绰绰的光影游戏，享受着让人联想到金属和玻璃的湖光，享受着它们不可捉摸的透视错觉，这些往往给人以奇迹、童话和神话般梦境的感觉。湖的对岸不见了，它似乎消失在海洋一般宽阔、虚幻的银色远方。而在这一侧，人们也只能勉强分辨出非常近处的轮廓和颜色；再稍远些，一切都隐入云层、面纱、芬芳和潮湿的阳光中，变成了浅灰色。那些庄严、孤独、充满个性的杨树的树梢像苍白的、群岛般的影子一样飘浮在雾蒙蒙的天空中，船只悬浮于雾气腾腾的水面上，在不真实的高空幽灵般地滑行而过，从看不见的村庄和农场里传来沉闷的声音——钟声、鸡叫声、狗吠声——在潮湿的凉意中飘荡，仿佛来自遥不可及的地方。

（摘自《博登湖畔的九月清晨》，1904）

§

秋叶缤纷

树上还挂着金色的闪光，
草地还是绿色的，
夏天里鲜花盛开的美梦
还没有完全消散。

五彩缤纷的秋叶
还像五月里一样微微颤动——
而明天，风就会裹着雪花呼啸而过：
结束了，结束了！

§

那是十月里色彩浓烈、微微有些热意的一天。山坡上的葡萄园放出金黄色的光芒，树林呈现出枯叶柔和、金属般的棕色，在农民的花园里，各种类型和颜色的紫菀花开了，或白色或紫色，或单枝或混杂。漫步在村庄里是一种享受。就这样，我和我那时的恋人手挽着手，度过了令人难忘的、幸福的数日。

到处都可以闻到成熟的葡萄和新酿造的葡萄酒的气味。大家不是在外面采摘葡萄就是在压榨葡萄汁；在陡峭的葡萄园里，你可以看到妇女和女孩身着五颜六色的裙子，头戴白色或红色头巾在工作。老人们坐在屋前，晒着太阳，搓着他们布满皱纹的褐色双手，赞美这美丽的秋天。

　　当然，从前的秋天是完全不同的！你只要听听那些七十岁老人的说法就知道了。他们诉说着那神话般的年代，那时葡萄酒是多么充足，甘甜如蜂蜜一般，而如今却不同了。你就让他们说吧，这些老人，但他们的话你得悄悄地减去一半。当我们七八十岁的时候，我们也会和他们一样谈论某些年代。我们会从无法触及的远方看见这些无法用言语述说的珍宝，我们会把我们的感激之情和老年的悲哀，以及对于整个青春时代的思乡之情混入美好的回忆中。

（摘自《飞行员》，1905）

§

眺望意大利

湖面之上，玫瑰色的山峰后面
那是意大利，我青春的应许之地，
我梦想中的亲密家园。
红树言说着秋天。
当我生命之秋伊始
我独自坐着，
美丽而冷峻的眼睛凝视着世界，
选择偏爱的色彩，将它画下，
即便它常常将我欺骗，
我还是始终如一地爱它。
爱和孤独，
爱和无法满足的渴求
是艺术之母；
在我生命之秋
它们仍牵着我的手，
还有它们充满渴求的歌声
越过湖泊和山脉，幻化出夺目的光辉
还有那正向我们道别的美丽世界。

§

　　无论在何处，秋天都是美的，但也使人悲伤和压抑，每当雾霭天气开始出现，或者接连不断的夜间雷雨终于给夏天画上了句号，那么对于我们这些年长者或者不再具有充沛精力的人来说，这就意味着两脚冰冷、四肢窜痛，以及对即将到来的寒冷和灰暗月份的忧虑。

　　因此，在夏天和冬天之间，九十月份左右，我比一年中的其他任何时候都更容易做出参加浴疗法的决定。找一个安静而令人愉悦的地方，那儿有温暖的硫黄泉，赏心悦目的风景，有一位好医生，有一家老派、可靠、舒适的浴场旅馆。对我来说，这个地方就是利马特河畔的巴登。在那里，在利马特河畔安静的老浴场里，我这样的人在秋天会得到很好的照顾。

　　（答《新苏黎世报》问卷调查："您最喜欢哪
　　　　　　　　一个秋季度假胜地?"）

色彩的魔法

在上帝的呼与吸之间，
天空也随之上下，
光千百次地歌唱，
上帝变成了色彩缤纷的世界。

从白色到黑色，从温暖到清凉，
常常感觉被带到崭新的境界，
从混乱的搜寻中
永远会出现清新的彩虹。

穿过我们的灵有千百条折痕
如此在苦和幸中徘徊。
上帝的光，祂创造，祂行动，
我们赞美祂如太阳。

§

如镜的河面上闪烁着蓝色、金色和白色的光芒，十月和煦的阳光透过林荫道两旁几乎光秃的枫树和槐树，温暖地洒落下来，浅蓝色的天空万里无云。这是一个宁静、清新、令人愉悦的秋日，刚刚过去的那个夏天的所有美好事物，像一段无忧无虑、笑声朗朗的记忆，填满了温和的空气，孩子们忘却了季节，准备去采花，老人们带着沉思的目光，从窗户或屋前的长椅上抬头望向天空，因为对他们来说，他们看见的不仅仅是这一年的美好记忆，更是即将结束的整个人生的记忆，在清澈的蓝天中飞翔。年轻人则精神饱满，根据自己的赋性，或祭酒、献祭，或唱歌、跳舞，或饮酒狂欢、大吵大闹，来赞美这个美好的日子，因为到处都在烘焙新鲜的水果蛋糕，地窖里新鲜的苹果酒和葡萄酒正在发酵，旅店前或者菩提树下的小空地上，人们演奏小提琴和口琴，庆祝着一年中最后的美丽时日，邀请你跳舞、唱歌，加入爱情游戏。

（摘自《在轮下》，1903）

§

整整一个小时，我离开家，逃离了地板上摆满了大箱子的阴冷房间，这些大箱子中已经有四分之三被我用书籍、文具、鞋子、衣服和信件塞得满满当当了；现在已经入秋了，和往年一样，在冬天来临之前，我正在为逃离做准备，不是向南投入更温暖的阳光的怀抱，而是向北寻求热烘烘的炉火和浴场的庇护，尽管北方有雾霭、大雪和其他糟糕的东西，但也有合得来的朋友，有莫扎特和舒伯特的演奏会，以及诸如此类我喜爱的事物。

啊，随着秋天的到来，时间又一次飞快地流逝！这是一个无与伦比的夏末，似乎永远不会结束，根据看似确定的迹象，我们日复一日地等待着下雨、刮风、起雾，但日复一日，清朗、金灿灿和暖洋洋的一天从湖谷中涌出；只是太阳升起的时刻一天比一天晚，也不再像在夏天时那样从同一座山上升起，而是远远移向科莫——但这一切只有当人们计算和验证后才能注意到。这些日子本身就同夏天时一样，早晨明亮，下午炎热，傍晚绚丽地燃烧。而现在，在只持续了两天非常短暂的天气变化之后，秋天悄然而至，现在虽然中午依旧温暖，黄昏依旧光芒四射，但已经不是夏天了，空气中弥漫着死亡和告别的气息。

我一边道别——因为明天我将花数个月时间出门

旅行——一边徒步穿越森林。从远处看，这片森林依然绿意盎然，但从近处看，你可以发现它已老去，正在往死亡靠近，栗树的叶子干枯了，噼啪作响，变得越来越黄，在森林和峡谷中一些潮湿阴凉的地方，槐树纤细、交错的叶子颜色依然很深、很蓝，但到处可见枯萎的枝条，一片片金色的叶子在这些枯枝上闪烁着，每当有风吹过，它们就会像雨滴一样纷纷洒落。

在这里的沟渠旁边，尽管树梢上的叶子依旧显得很浓密，但枯叶已经堆积起来了。春天的时候，复活节前夕，我在这里发现了第一株双色的疗肺草，还有大片的森林银莲花；那时，这里散发着湿润和草本的芬芳，树木在发酵，青苔中，水珠滴落，新芽萌发！而现在，一切变得干燥僵硬、死气沉沉，那些枯萎的草木和干瘪的黑莓藤，在起风的时候发出咯咯声，一切都变得稀疏而易碎。只有睡鼠还在树上发出刺耳的叫声；而到了冬天它们也将沉寂。

（摘自《秋天——自然与文学》，1926）

§

九月

湖泊和沼泽上柔和的金色！
在这些温和的日子里
带着聪慧的眼睛心怀感激地去观看的人，
就能把它们留在心里。

§

十月

让喜欢喧闹的人放声欢唱，
压榨机为他们涌出酒浆；
而喜欢安静的人可以安心地
远离喧闹，享受年老时光。

§

十一月

哀伤地看着，森林中
一片片树叶落到地上，

你的妻子吩咐你
去买木头和煤炭。

§

当盛夏过去

当盛夏过去，
白色的丝线在树篱间飘荡，
小径两旁的法兰西菊沾满了厚厚的尘土
带着褐色的斑点疲惫地站着，
农民带着镰刀最后一次来到了田野，
万物因疲惫和死亡的意志
笼罩在深沉的寂静之中，
大自然在如此忙碌的生息之后
除了休息和屈服之外，不想做任何事情。

§

屋中散步

奇怪而不可思议的是，即使是最美丽、最耀眼的
夏天也会消逝，那一瞬间来得如此突然，当你还略带

疑惑地坐在房间里，因寒冷而颤抖，听着外面的雨声，被一种灰色、稀薄、凉爽、晦暗的光线所笼罩，你便会清楚地意识到，夏天结束了。就在刚才，就在昨天傍晚，围绕着我们的还是另一个完全不同的世界和另一片完全不同的天空，温暖的玫瑰色光线在傍晚柔和的云层间舞动，在草地和葡萄园上空低声哼唱夏季之歌——突然间，你从一夜艰难的睡眠中醒来，迎着灰色暗淡的白昼迷惘地睁开眼睛，听见窗外凉爽的雨点持续不断地击打着树叶，你明白：夏天结束了，现在已是秋天，很快就是冬天了。一段新的时期，一种不同的生活开始了，一种在客厅里的生活、有灯光，有书籍，偶尔还有音乐，这种生活也有它美丽和温馨之处，只是过渡期无趣而难熬，常以寒冷、悲伤和内心的抵触开始。

我的房间一下子变了样。几个月来，它是一个供我休息和工作用的通风的地方，是一间门窗敞开的庇护所，风和树木的气息，还有月光从其间穿过，我只是一个来这里稍作休息和阅读的客人，我真正的生活并不在这里，而是在户外，在森林里、在湖边、在青山上，绘画、散步、徒步旅行，穿着轻薄、自在的衣服，外面一件薄麻布外套，里面一件敞开的衬衫。而现在这个房间突然又变得很重要，变成了家——或者说是牢笼，变成了不可逃脱的居所。

一旦过渡期过去，点燃恒温炉，一旦向它屈服，习惯于被关在房间里生活，那么秋天就会变得相当美好。但眼下的景色并不美丽，我从一个窗口踱步到另一个窗口，望见群山（昨天还是清朗的月夜）笼罩在云层中，我看到了凉爽的雨滴，听到它们落在树叶上的声音，我来回走动着，冷得发抖，但依然觉得穿在身上的这套温暖结实的衣服令人恼火。啊，那些半夜里穿着汗衫坐在露台上，或是坐在森林里枝条拂动的大树下的日子，去哪了呢？

现在是时候重新习惯自己的房间了，把外面的云和雨视为无关紧要的小事，而把客厅重新当成生活的中心。我准备明天给它供暖，或许今天也可以，只是这就意味着需要做许多令人厌烦、乏味和恼火的工作。生起炉子意味着对天气做出巨大的让步，是对它彻头彻尾的放任，过早地为过冬做准备。现在还不是时候。我还可以靠上下走动，搓手，做一些体操运动来让自己暖起来。而且，我记起，我还有一个前几年冬天用的煤油灯，一个圆圆的、生了锈的锡罐，我得找出来备用。这不会让人愉快的，这个东西肯定已经被熏得黑黢黢的，而且黏糊糊的，沾满了干掉的油脂，等到你把它重新装好，加满油，勉强可以点燃时，你就已经窝了一肚子火了，而且它还会散发出难闻的气味，把你的手指弄得脏兮兮的。好吧，虽然如此，但还是不得不做，明天，或者就在今天晚些时候，如果天气一直变冷的话。但在我开始这些流程之前，我宁可再挨一会儿冻，在房间里东游西逛，望望窗外，挪挪书，翻翻我夏天的水彩画集。渐渐地我意识到，在过去的几个月里，实际上我很少注意我的房间，甚至忘记了它的样子。现在，我必须重新关注、认识它，和它成为朋友。

你可以看到，在相当长的一段时间里，这里只有临时居住的痕迹，并没有人真正生活在这里。在房间的角落里，旧镜子上方，书柜上面，有一些大蜘蛛网，上面落满了暗沉沉的灰尘，这些灰尘需要不时清除。桌子和椅子上也都有灰尘，到处都堆着被暂时收起来的东西，之后却再也没有挪动过。到处都是写生和绘画用的画夹，还有纸板箱和成堆的信件，有胶水、绘画墨水、固色剂的瓶子，空的雪茄盒，已读过的书籍那些被遗忘的保护盒。在这表层的无序背后，我逐渐认出了旧客厅和旧物件，一切都重新获得了意义，需要我的关注。

两扇窗户之间阴暗的高处，悬挂着一尊小小的意大利风格的旧圣母像，这是我多年前去布雷西亚旅行时从一个旧货商那里买来的，是陪伴我度过漫长岁月和诸多生活变故的少数物件之一。小圣母像、旧书籍和大书桌是我一直以来的旧陈设。其他家具则是女房东的，在这十年间，它们同样成了我熟悉的东西，你会发现它们也在逐渐老去。书桌旁的小软椅已经被磨破了，绿色的旧布料下开始露出线头，漂亮的长沙发也变得有点僵硬，满是破洞。墙上挂着我的水彩画，它们之间是格列柯的头像，青年诺瓦利斯俊美的肖像，十一岁的莫扎特的画像。书房的凳子上放着一只令人讨厌的大雪茄盒，装着半盒子雪茄，那是我图便宜买的，品质不好，我上当了，现在主要是留给邮递员，有一次，来了一位访客，他给自己点了一根，却在交谈过程中悄悄地把它丢进了烟灰缸里。

房间里也有更漂亮、更可爱的物件，许多年下来，我积累了一些我所珍视的东西。一个用布料做成的神话生物神秘地站在壁带上，这是一种半鹿、半长颈鹿的动物，给人一种遗失的童话般的感觉。这是画家萨沙的作品，多年前她曾和我在一个瑞士小镇的小展厅

里一起出展，展厅里满是小件的艺术作品，展览结束时我们发现什么都没有卖出去，但至少我们可以相互交换，我给了她一幅小画，她给了我这只安静、高挑的小羚羊，或者鹿，或者你想叫它什么都可以；我非常珍视它，多年来一直把它当作我唯一的宠物，取代了我的马、狗和猫。

还有来自印度的回忆，尤其是一个涂着鲜艳色彩的小木制神像和一个用青铜制成的吹笛子的小克利须那，在许多个冬天的雨夜里，它为我演奏印度音乐，提醒我在面对生活表面的困境时，不要把它们看得比转瞬即逝的表象世界更重要。稍远处被遮住一部分的，是来自锡兰的一件奇特的小圣物，这是一个非常古老的物件，也是由青铜制成的。它是一只公猪，这只青铜公猪来自锡兰一座简陋的小寺庙，它承担着和《旧约》中的替罪羊一样的职责。每年一次，在这头公猪身上，信徒们的罪孽、疾病和邪魔会被驱逐。它担负了许多人的厄运，为他们牺牲。当我看到它的时候，我并没有想到印度和古老的崇拜；于我而言，它也不是一件古玩，而是一种象征，是一个和我一样拥有特殊标记的兄弟，是少数灵魂中留有烙印的先知、愚者、诗人的兄弟，当同时代人在跳舞和读报的时候，他们却背负了一个时代的厄运。公猪也是我非常喜欢的物件。

在拆开的沙发上有很多垫子，其中一个是我特别珍视的。它黑色的背景上绣着一幅浅色的画：塔米诺和帕米娜在火之试炼中穿过火焰，修长高挑的塔米诺将魔笛贴在嘴边，保持着这个姿势。这是一个曾经爱过我的女人绣的，我一直保留着这个有着美丽象征的可爱垫子，对我来说很有意义，相信我也在她心里留下了小小的印迹吧！

在所有这些物件里，有一件是我新近收到的，是我特别珍爱的一个漂亮的玻璃花瓶，它的形状像一只古老的高脚杯，是一个女友送我的礼物。我通常会在这个透明的高脚杯里放几朵不同花，紫荆花或康乃馨，或者田野里采摘的软软的小花。当我第一次看到这个作为礼物送给我的高脚杯时，里面有一束浅蓝色的飞燕草，我仍然记得很清楚，蓝色在明亮的玻璃的承托下，显得那么空灵，超凡脱俗。那是一个灿烂的夏天，傍晚时分，我们会沿着葡萄园旁边的树林散步，葡萄园几乎没有枯萎的痕迹，夏天的天空像飞燕草一样蓝，高悬在我们头顶。

天气太冷了，雨也越下越大。雨落在花丛中，落在蓝色的葡萄里，落在已经变色的树林里。我得爬上阁楼把煤油灯找出来，跪在这个讨厌的"小神祇"面前，奉承它，这样也许它就会重新燃烧，给人以温暖。小花瓶里空了。啊，装在它里面的花朵曾经多蓝啊，多么有夏日气息啊！

§
克林索尔痛饮于秋日的森林

我醉醺醺地坐在黑夜中通透的树林里，
秋天已经侵蚀了唱歌的枝条；
旅店老板喃喃自语着跑进地窖，
添满了我的空瓶。

明天，明天，苍白的死亡会降临
他哐当作响的镰刀会刺入我红色的肉体，
我知道很久以来
他都在伺机等待，这个狰狞的敌人。

为了嘲弄他，我半个晚上都在歌唱，
在疲惫的森林中儿语般地唱着醉歌；

笑着面对他的威胁

是歌曲和饮酒的意义。

我做了很多，忍受了很多，是漫长之路上的浪客，

而此刻黄昏，我坐着喝酒，在恐惧中等待，

闪闪发光的镰刀出现

将我的脑袋和震颤的心分开。

§

维茨瑙，1900.9.8

那是一个天气飘忽不定、刮风的日子，阳光转瞬即逝。我向位于布奥克斯对面的布尔根施托克山峰驶去。湖面在对岸闪烁着一系列奇特、微妙、凉爽的色彩，很像冷却中的明亮钢铁：红蓝色、红褐色、黄色、白色。

从布尔根施托克山的半山腰，传来了牛铃声。波浪般起伏的美丽牧场在苍白的天空下呈浅绿色，显示出一种难以言喻的、悲凉的秋意，人们从未见过。这种秋意每年都会在某个时刻忽然出现，提醒我们，就像一个我们所爱的逝者的名字提醒我们一样——提醒

我们这场盛大的季节交替，提醒我们赖以生存的土地的不确定性，提醒我们死亡，提醒我们走过的无数条艰辛却徒劳的道路。

我划船出去，为了观察布奥克斯湖水波浪的色调变化，用充满色彩混合、光折射和银色调的景象来丰富我的记忆。我划船出去，一段韵律飘进耳朵，一节诗歌停留在唇边，它们凉爽、快乐、充满活力，我想用对我来说尚且陌生的方式，在大自然新的表演中，聆听美——以找到今年第一批秋天牧场为结束，今年的第一批，这些无法拒绝、温柔而悲伤的预兆。

我转过身，眼睛久久地停留在这生机勃勃、流动的水面上，我看到天空中有一缕阳光射向水井和建筑物上方的墙壁；但我的思绪并没有用它孜孜不倦、充满活力的探究精神去追寻它。仅是我的眼睛看到了淡淡的金色反光在闪动、发光，我的思绪没有参与其中，它停留在我身后，在陡峭的树林上方，在那些淡绿色的秋天牧场上徘徊。——秋天！

我想知道自己是否走在正确的道路上，不知疲倦地奔跑是让我更接近我的星辰还是把我带得更远，它是否能把我带到精神的高度，在那里，这个秋天和这种悲伤将不会再触动我。

在我沉思的过程中，有那么一个时刻，我似乎有能力将外在生活的整个面纱从我身上揭开，并切断所有欲望、爱情、悲伤、思乡和记忆所编织的丝线。一次高潮，在高高的山峰上一次短暂而平静的呼吸：在我身后是所有人类的关系，在我面前铺展开来的是绝对性、非人性的那种轻松、冷淡的美。一个瞬间——一次呼吸！

　　钟声时高时低，从远处飘来，我闭上眼睛，从高处坠落，坠落。一种沉重的、身体的悲痛占据了我。我想逃避，我的思想再次像一匹被虐待的骏马一样腾跃而起，但我失败了。那沉重、疲惫的悲伤将我击溃，使我屈服，越陷越深，熄灭了所有的星辰，折磨着我，欢庆残酷无情的胜利者那可耻的凯旋。

　　仿佛透过一个突然被撕开的面纱，我最早的记忆里那座明亮的花园清晰而详尽地出现在我眼前。还有我的父母。还有我的少年时代，我的初恋时代，我的青春友谊。在这个令人沮丧的时刻，他们都用一种如此悲哀、陌生而美丽的语言和我交谈，唤起我思乡之情，又严厉地质疑着我，就像将死者气息奄奄，责备我没有给他们擦干眼泪，没有回报他们的善意。我把他们从我的思绪中驱走，他们离开后，留下了一个死气沉沉的现在。

在感受到秋天的沉重和衰弱的同时，一种痛苦的离别情绪在我心中升起。仅剩的几天安宁日子过后，我已经预见到城市生活和重又开始的艰苦生活在等待着我，等待着我的还有许多人，许多书，还有数不清的迫使我撒谎的劝请，无数次自我欺骗和无数会被浪费的时间。突然间，我所有的青春在痛苦的生活欲望中燃烧起来，我拼命划船，在大海湾上游弋，在布尔根施托克山突出处折回，来到了马特，朝着韦吉斯的方向划去。随之而来的疲劳并没有让我感到满足；一种巨大的不满足感贪婪而绝望地在我心中萦回，一种想把我生命中所有的自由和力量浓缩在一个小时内，然后大笑着草草将它挥霍的欲望。对我来说，湖泊太空洞，山脉太灰暗，天空太低沉。在韦吉斯，我洗了澡，游进湖中心，深呼吸，挥动双臂钻入水中。累了就仰面躺着，慢慢地游动，目光投向天空，等待着，充斥着失望和厌烦的感觉。我愿意用我的生命来换取我所渴求的充实和充满乐趣的感觉。

然后我往回游，怀着秋天、离别和内心的不确定性所带来的沉闷的悲哀，再次登上了船。

从那时起，我内心逐渐平静。我的原则占了上风，我现在享受这种悲伤和无望，就像我已经习惯于享受坏天气一样。它有它自己的乐趣。我与它交流，就像歌手弹奏一把黑色的小调竖琴一样弹奏它。既然我每天都能获得一种情绪，一种独特的色彩，如果幸运的话，还会收获一首歌曲，除此之外，我到底还奢求什么呢？

（摘自《赫尔曼·劳歇尔诗文遗稿》，1900）

§

暴风雨中的麦穗

啊，暴风雨在黑暗中猛烈地咆哮！
我们头发散乱，
在它可怕的威力面前恐惧地弯腰低头
颤抖着通宵未眠。
如果我们能活到明天，
等到天空中出现白昼
还有温暖的空气和牧群的铃声
那时我们头顶会洋溢着多么幸福的波浪！

§

风暴

在风暴肆虐的天空中，灰色和淡紫色纤维状的云带熙熙攘攘，第二天我继续踏上旅途时，天色已不早，一阵猛烈的风迎面吹来。我不久便登上了山顶，看到小城、城堡、教堂和小船港像玩具一样紧挨在我脚下的海岸边上。我脑海中浮现出早些年发生在这里的有趣往事，不禁笑了起来。我需要它们，因为越是接近徒步的目的地，我的内心就越是感到拘束和忧郁，即使我不想承认。

在呼呼作响的凉爽空气中行走对我有益。我听着急促的风声，沿着狭窄陡峭的山路行走，随着我不断前进，我激动地发现视野变得开阔，景色变得宏伟。东北方向的天空变亮了，视野清晰，蓝色、绵延不断的山脉，以一种宏伟的秩序排列着。

我越往上走，风就越大。它用呻吟和笑声，纵情歌唱着秋天，展露着神话般的激情，我们的激情与之相比只有孩童般的幼稚。它在我耳边呼喊着未曾听过的、原始的话语，就像古老神祇的名字。它将散漫的云朵碎片捋成了平行的条纹，铺满了整片天空，在它们的线条中，存在着某种勉强被抑制住的东西，而在它们下方，山脉看上去好像正在弯下它们的身子。

空气中的喧哗和广阔的山景驱走了我内心的拘束和恐惧。道路和天气都恢复了生机，是否能重新与青春时代重逢，对我来说已不再重要。

午后不久，我站在步行道的最高处休息，沮丧的目光搜寻着掠过这片广袤的土地。绿色的山脉矗立，更远处是被森林覆盖的蓝色山脉和黄色岩石，还有层层叠叠的丘陵，在它们后面，是有着锯齿状石峰和苍白尖顶的高山。山脚下，在巨大的湖面上，海水一般湛蓝的湖水点缀着白色泡沫似的波浪，两只轻快的帆船孤零零地从水面上一掠而过。泛黄的葡萄园在绿棕色相间的湖岸上像是在炽热地燃烧一般，五彩缤纷的森林，明亮的乡村公路，果树间的村庄，空荡荡的渔村，浮光掠影中的城镇。万物都被褐色的云层笼罩着，云层之间，露出一块块深邃清澈、蓝绿色或乳白色的透明天空，阳光像是画在了云层上，变成了扇形。万物都在运动着，甚至是那些紧挨着彼此的山脉也像潮水一般，还有阿尔卑斯山的那些山峰，在不均匀的阳光的照射下不安地跃动着。

我的情感和渴求随着风暴和浮云急遽而兴奋地飞

过广袤的大地，拥抱遥远的雪峰，在浅绿的海湾中短暂地停留。昔日让人着迷的漂泊感贯穿了我的灵魂，像色彩斑斓的云影一样交替出现。对错过的事物，对生命的短暂和世间的充实，对无家可归和寻找家园所有这些的悲哀感，与一种完全脱离空间和时间的流动感交替出现。波浪渐渐退去，不再歌唱、不再有浪花泛起，我内心变得平静，在凝然不动中休息，就像一只停留在高空的鸟。

我内心重又获得了温暖，微笑地看着周围这片我所熟悉的地方，道路的拐角、森林的尖顶和教堂的塔楼；度过我美丽的青春时代的这片土地用未曾改变的古老眼睛看着我。就像一个士兵在地图上寻找昔日的战役一样，家的温柔和安全感使他内心感到温暖，我在秋色中读到了许多美妙的故事，还有一个几乎已经变成传奇的爱情故事。

（摘自《秋天的一次徒步旅行》，1906）

§

随波逐流的树叶

在我面前随风吹来
一片枯萎的树叶。
流浪，年少和热爱
有始有终。

枯叶迷途
随风而去，
终会落入树林或泥沼……
而我的旅程会去到哪里？

§

秋天的气息

又一个夏天离我们而去，
消逝在一场迟到的雷雨之中。
雨水不厌其烦地沙沙作响，潮湿的
森林散发出不安和严峻的气味。

苍白的秋水仙竖立在草丛
和熙攘的蘑菇中。
我们的山谷，昨天还不可丈量地
广阔而明亮，此刻却蒙住了自己的脸，变得狭窄。

这个世界，因为远离了光明
变得狭窄而且散发出不安和严峻的气味。
让我们为这场终结夏日之梦的
迟到的雷雨做好准备！

§

啊，我闻到了一种令人愉悦的味道。是蘑菇那种
湿润、肥厚、富含脂肪，还略带发霉的气味。是牛肝
菌，在这里你通常不太容易发现它们，因为提契诺人
也非常喜欢吃牛肝菌（把它们加入烩饭中的味道好极
了），而且会充满热情地去搜寻它们。刚才我遇到一个
人，他像谨慎的猎人一样悄悄地从我身边走过，穿过
树丛，目光紧紧盯着地面，手里拿着一根又轻又细的
枝条，用它扫过每一处似乎能给他来好运的地方，拨
开那里的枯叶。但是他没能找到这种菌盖结实而肥厚

的漂亮牛肝菌，它是我的了，今天晚上我就把它吃掉。

（摘自《秋天——自然与文学》，1926）

§

　　我想起了那个阳光灿烂的秋日，达赫特尔农夫的
猎鹰在那一天从棚子里跑了出来。修剪过的翅膀重新
长出了羽毛，于是它磨破了铜脚环，从狭窄、黑暗的
棚子里逃了出来。现在它正安静地栖止在房子对面的
一棵苹果树上，大概有十几个人站在房子前面的街道
上抬头望着，七嘴八舌地提着建议。男孩们有种奇怪
的不安之感，布罗西和我，和其他所有人一起站在那
里，看着那只安静的鸟儿，只见它眼神尖锐而大胆地
向下注视着。"它不会回来了。"其中一个人喊道。但
雇农戈特洛布却说："飞，如果它能飞，这会儿早就飞
越高山和峡谷了。"猎鹰没有放开抓着树枝的爪子，好
几次试着扇动起大翅膀；我们非常兴奋，我自己也不
知道，是看到它被抓住还是看到它逃走会更高兴。最
后，戈特洛布搭起了梯子，这位达赫特尔农夫自己爬
了上去，向他的猎鹰伸出手去。鸟儿随即放开了树枝，

开始扇动翅膀。我们的心剧烈跳动着，紧张得几乎无法呼吸；我们着迷地盯着那只拍打着翅膀的美丽鸟儿，接着奇妙的时刻来了，猎鹰做了几个猛烈的冲刺，当它发现自己还能飞时，便高傲地绕着大圈缓缓升到空中，越来越高，直到变得像云雀一样小，之后便悄无声息地消失在闪闪发光的天空中。而我们，当人们早已散去的时候，还依旧站在那儿，仰着头，搜索着整片天空。这时，布罗西突然充满喜悦地高高跃起，跳到空中，对着鸟儿的方向喊道："飞吧，飞吧，现在你又自由了。"

（摘自《从孩童时代起》，1903）

§

秋天

你们这些灌木丛中的鸟儿，
你们的歌声如此飘扬
沿着渐渐变成褐色的森林——
你们这些鸟儿啊，快些吧！

很快就起风了，会把你们刮跑，
死神很快会降临，把你们收割，
灰色的幽灵就要来了，它一笑
我们的心就会冻结，
花园失去所有的壮丽，
生命也会失去所有的光辉。

在树叶里的亲爱的鸟儿，
亲爱的小兄弟，
让我们一同歌唱、一同欢乐，
很快我们都会化为尘埃。

§

这是告别，这是秋天，这是命运，在这之后，夏
日的玫瑰会散发出成熟和浓郁的芬芳。

（摘自《荒原狼》，1927）

§

秋天伊始

我喜欢这样，外面下雨的时候
雨水滴滴答答地洗刷树木，

当风呼啸而过的时候
秋天的花园因风而散，

我喜欢那些沉重的夜晚，
在漆黑的黑夜女神的
幽暗世界之上
坚守着梦境中的丰饶之角。

当即将到来的事物
发出轻柔而起伏的歌声
如同腼腆的祈祷
穿过我的灵魂。

平淡的生活
会给人带来忧虑；

——我能顶住，顶住

从而获得自由和胜利。

§

雨下得很大，对面屋檐似乎被什么东西堵住了，形成了一条细细的瀑布，从高处不间断地倾泻到石头铺砌的广场上。小时候，我们经常背着母亲和姑母，撑着她们的雨伞在类似的屋顶瀑布下面玩耍，真是好玩。

依靠在窗前，每当天气好的时候，就会看到麻雀和苍头燕雀飞来这里觅食，现在却只能看着雨水从天空中无休止地倾泻而下。我心想：如果今天、明天、后天，雨就这样一直下下去，持续几天、几周、几个月，会变成什么样呢？街道会不会变得安静，让人感到舒适？也不再有汽车的踪影，在那些最危机四伏的车行道上，蝾螈蹒跚而行。铁路会逐渐消失，邮局也将不复存在，因为铁轨会被淹没，大部分的隧道会下沉、坍塌。最终，海平面慢慢攀升，从海岸线开始对陆地的征服。对许多渔村来说，这无疑会带来巨大的损害，对许多珍贵的橄榄树来说也一样，它们在蓝色的水面上，在风中舞动，无望地弯曲着。在阴雨绵绵的周日，我慵懒地幻想着，海水只需要上升几十米，那么所有给全世界带来喧嚣与不和的事物都将被抹去、被冲走。世界上几乎所有城市都在海拔很低的地方，如果要下二十年的雨才能淹没汝拉山和黑森林，甚至阿尔卑斯山，那么淹没纽约、伦敦、柏林等城市所需的时间就少得多。然而我却没有去思考，这会带来多大的损失。在雨天用这样的幻想自娱自乐，有种奇怪的满足感。

（摘自《阴雨连绵的星期天》，1928）

§

秋雨

雨啊，秋天的雨，
你为山峦蒙上了灰色的面纱，
你让疲惫的树叶低垂！
透过雾气弥漫的窗户
这个病患之年似乎难以道别。
瑟瑟发抖地穿上湿答答的大衣

你走了出去。在森林的边缘
蟾蜍和蝾螈
拖着笨重的脚步陶醉地从树叶中爬出，
沿着小径
汩汩的细流不断地流淌，
不厌其烦地流入无花果树旁的草地里
汇成一洼池塘。
倦怠而迟疑的钟声
从山谷的尖塔滴落
为了村庄里某位
他们安葬的人。

但是你，我亲爱的，
不要因为被安葬的邻居而哀伤，
不要因为夏天的欢乐和年轻时的欢庆
离你远去而哀伤！
一切都在你虔诚的记忆中延续，
保存在文字、图像、歌声中，
身穿崭新、高贵的礼服。
永远做好迎接它们归来的准备
维护它们，帮助它们改变，

坚信你的心里

便会盛开欢乐的花朵。

§
提契诺的秋日

在某些年份，提契诺州的夏天总是无法下定决心
和我们道别。在通常炎热而多雷雨的年份里，到了八
月底或九月初的时候，夏天会在持续数日的狂暴雷雨
中尽情宣泄之后，忽然中断，变得老迈，陷入衰弱和
难堪的境况。而在这些年份，夏天会持续几个星期之
久，没有雷暴，没有降雨，美好而安静，就像斯蒂夫
特笔下的残暑，万物都散发着蓝色和金色的光芒，万
物宁静而温和，只有偶尔被持续一两天之久的焚风打
断，焚风摇晃着树枝，把栗子提早吹落，焚风过后，
天空显得更蓝，山脉淡淡的暖紫色变得更明亮，玻璃
般的天空的透明度更是提升了一分。慢慢地，慢慢地，
葡萄藤在几个星期里均匀地变成了黄棕色或紫色，樱
桃树的叶子变成了猩红色，桑树的叶子变成了金黄色，
在金合欢蓝黑色的叶子间，椭圆形叶子提早发黄了，
像散落的火星一样闪烁着。

许多年来，准确说是十二年，我以一个流浪者、沉默的观察者，以一个画家的身份，在这里经历了夏末和秋初，每当收获葡萄的季节开始，在金棕色的藤叶和蓝黑色的葡萄之间露出妇女红色的头巾，响起男孩们的欢呼声时，或者，在某个风平浪静而略有些阴沉的日子里，当我看到乡间秋火那细细的蓝色烟柱从远处广阔的湖谷地区四处升腾起来，并覆盖了周围这块区域，将它与远处相连的时候，内心经常会有种羡慕而哀愁的情感，就像一个流浪者在秋天或年老的时候，越过栅栏，看到那些定居在这里的人收获葡萄，压制葡萄酒，把土豆搬进地窖，把女儿嫁出去，在花园里生起火，烤上从森林边缘采摘来的第一批栗子。在流浪者眼里，那是一幅多美好而值得人羡慕的景象啊。每当秋天来临，农民和定居在这里的人们从事着那些近乎隆重的劳作，庆祝他们田园牧歌般的格鲁吉亚习俗，哼唱着歌谣，采摘着葡萄，修补着木桶，点燃杂草，围拢在旁边烤栗子吃，凝视柔和的烟雾，看着它嬉戏着散去，让这片玻璃般清晰的风景变得更加神秘、隐秘、温暖而充满希望。田野上和花园里生的这些火堆似乎也没有别的用处。据说，它们是用来除掉妨碍黑莓和马铃薯生长的杂草的，同时能给土壤添

肥，而且能烧掉带刺的栗子壳，这些栗子壳不能留在草地上，因为它们会伤害到家畜。

而每个在葡萄架子和桑树树干之间随便找个地方就生起火来，恍恍惚惚地拨弄着火堆的农夫，似乎只是想沉浸在自己的幻想里，满足他孩童般的牧羊人式闲情，这些如梦如幻的烟雾悄然向远处飘去，散开，将远处的蓝色与附近五彩缤纷的黄、红、褐色的色调混合在了一起，使它们变得更加柔和、更加亲密、更具乐感。每年的这个时候，从清晨到玫瑰色的傍晚，连续数日或者数周，在我们五彩缤纷的风景上满是这样的烟雾，给这幅风景画披上一层影影绰绰的面纱。我常常看着这些蹲在火堆旁的男人和小孩，他们懒洋洋地、轻松地干着田里剩下的工作，带着一种满足感和微微的睡意，这让我联想起蛇和蜥蜴，还有昆虫的动作来，当秋天来临，天气开始变得凉爽的时候，它们就是这样在昏昏欲睡中安静地蹒跚而行，缓慢而从容地完成早已习以为常的工序和工作，厌倦了夏天，阳光使人困倦，做好迎接冬天的准备，休息，进入静止状态，然后等待拂晓。我常常对他们产生些许羡慕之情，牧牛人费利斯和富农弗兰奇尼，他们被称为"il barone"（读作：巴隆），在田间火堆旁烤栗子的人，他们站在火堆周围，用冒着烟的枝条把烤熟的栗子从余烬中挑出来，唱着歌的孩子，在花丛中困倦地爬行的蜜蜂，宁静、简单而健壮的自然世界和原始的农作生活，为冬天里的休息做好准备，无忧无虑，无所畏惧。我有理由感到羡慕，因为我很熟悉这种田间的小火堆和秋日的慵懒所能带来的植物般的幸福；我自己也曾在花园里耕耘多年，点起我的小火堆，每到秋天的这个时候，看到这些沐浴在幸福的光芒里我所失去的，就倍感难过。

看啊，亲爱的好运又出现了，它掉落在我的膝间，就像一颗成熟的栗子落在一个流浪者的帽子上，他只需要剥开就能吃了。与所有的期待相背，我再次定居下来，并拥有了一小块土地，不是以业主，而是以终身租户的身份！我们刚刚在上面建起了新居，搬了进去，许多过往的记忆帮助我们很快适应了现在的生活，我又重新开始了我的乡野生活。我对它已不再有那么狂热的打算，更多的是当成一种闲事而非工作，更多的是在秋日蓝色的烟火边幻想，而非开垦森林、建造农园。毕竟，我已经种下了漂亮的山楂树篱，灌木和树木，还有各种各样的花朵。在夏末秋初这些无与伦比的日子里，我现在几乎全部时间都待在草地上或者花园里，或从事少量的劳作，或修剪新长出来的树篱。为菜园做好入春的准备，清理小径，清洁泉水——在做这些工作的时候，我都会在地上生一堆火，添入杂草、枯枝和荆棘，还有绿色或棕色的栗子壳。

在生活中，无论如何，还是不时会有幸福、愿望达成或者满足感降临到你身上。这些感觉从不持久，却兴许是件好事。眼下，安定的感觉，家园的感觉，与花朵、树木、大地、春天交友的感觉，对一方土地、五十棵树、几亩花田、无花果树和桃树担负责任的感觉，让我觉得非常美妙。

每天清晨，我会从工作室的窗户上捡起几把无花果来吃，接着拿上草帽、花篮、锄头、耙子和修剪树篱的大剪刀，奔向秋意渐浓的大地。我站在树篱边上，把它从几米长的杂草中解救出来，把野牵牛花和蓼草、马尾草和车前草堆成一大堆，在地上生起一个小火堆，添入木头，把绿色植物盖在上面，让它慢慢地冒出烟来，看着蓝色的烟雾像轻柔的泉水一样不断流动着，紫绕在金色的桑树树冠之间，然后汇入湖泊、山脉和天空的蓝色之中。四面八方传来邻居们各种各样熟悉的声响。有两个老妇人在我的泉水边洗衣、聊天。用"Magari"和"Santo Cielo!"这两个优美的习语，使她们的故事更加可信。一个赤着脚的英俊男孩从山谷中走来，那是图利奥·阿尔弗雷多的儿子，他已经十一岁了，我还记得在他出生的那一年，我已经是蒙塔尼亚人了。他那件洗得褪色的紫色衬衫在蓝色湖水的衬托下显得格外漂亮，他领着四头灰牛来到了秋天牧场，它们用毛茸茸的粉红色的嘴巴，试探地呼吸着飘到鼻子边的一缕缕烟雾，接着互相摩擦头部或者用头摩擦桑树树干，然后往前小跑二十来步，在一排葡萄架前停了下来，正当它们要拽住葡萄架的时候，被小牧人及时制止了，它们走开的时候，脖子上的小铃铛还不断地响着。我拔掉了蓼草，对此我很遗憾，但我偏爱我的树篱。经过我的清理，各种各样的动植物从潮湿的地面上露出来了：一只漂亮的浅棕色蟾蜍，在我伸手过去的时候，它轻轻向旁边挪动了一下，鼓起脖子，看着我，它的眼睛就像宝石一般。蝗虫飞了起来，这些灰白色的小动物，在飞行中展开蓝色和砖红色的翅膀。草莓丛中夹杂着细小的齿状叶子，其中一片叶子上开出了白色的小花，上面有一块星星状的黄斑。图利奥看着他的牛群。他不是一个懒散的人，但即使是正处在春天般充满渴望的少年时代的他也感受到了秋天的气息，感受到了夏天过后的充盈，收获之后的慵懒，在进入冬天前，对憩息梦幻般的渴求。他缓慢而安静地闲逛着，常常一动不动地待上一刻钟，透过那双聪慧的棕色眼睛瞭望着这片蓝色的土地，望着远处紫色山坡上泛着白光的村庄，有时他就啃几口栗子又把它扔到一边。最后，他躺在矮草丛中，掏出一支牧笛，开始轻轻地吹奏，试试看能用它吹出什么样的旋律：它只有两种音色。但却足以吹出许多旋律，仅凭它木头和树皮的音色，足以歌颂这蓝色的风景、火红的秋天、昏昏欲睡的袅袅烟雾、遥远的村庄和黯淡的湖面，还有奶牛和井边的妇女，棕色的蝴蝶和红色的石楠花。牧笛古老的旋律上下起伏，维吉尔和荷马也聆听过同样的旋律。它感谢诸神灵，它赞美土地、酸涩的苹果、甜美的葡萄、粗壮的栗子，它充满感激地赞美蓝色、红色和金色，赞美湖谷的明朗，赞美远处高山的宁静，它描绘和赞美一种城市居民一无所知的生活，这种生活既不像他们想象的那样原始粗野，也不像他们想象的那样可爱迷人，这种生活不是心灵层面的，也不似英雄史诗般恢宏。但它却像失落的家园一样，深深地吸引着每一个智慧和英勇的人，因为它代表了人类最古老、最持久、最简单同时也最虔诚的生活方式，是耕耘土地的生活，是一种充满勤奋和辛劳的生活，不慌不忙，没有真正的忧虑，因为它的根本是虔诚，是对大地、水、空气的神性，对四季，对植物和动物力量的信任。我聆听着，往渐渐变矮的火堆上新添上一层树叶，想这样无休止地站下去，就这样别无他求，平静地凝视着金色的桑树树冠，欣赏这幅充满色彩、富饶的风景，虽然不久前它还被夏天的热浪所搅动，而且很快就将遭受冬天的大雪和风暴，但它此刻看上去是如此安静，如此永恒。

§

十月（1944）

雨水热烈地流淌，
抽噎着向大地倾泻，
溪流潺潺流入小径
汇入满溢的湖泊，
不久之前它还像玻璃一样透亮。

我们也曾快乐
世间也曾有幸福，
这些都已是一场梦境。灰白的发间

是我们的秋意和沧桑，

我们忍受战争，痛恨它。

曾经充满笑声的世界

如今空空荡荡，没有了服饰上闪光的饰片；

透过光秃秃的树枝网格

冬天死亡般残酷地看着我们，

而黑夜抓住了我们。

§

　　这是一个美丽的早晨，冬天的第一丝气息拂过尚在秋意中的大地和天空，冰冷清澈的感觉随着太阳的攀升而逐渐减弱。一大批椋鸟组成了楔形队列，飞越田野，发出巨大的声响。山谷里，牧民赶着牧群缓慢地移动着，他们扬起的轻尘和牧民烟斗里冒出来的细细蓝烟混在一起。所有这一切，连同此起彼伏的山脉、五彩缤纷的树林背面和柳树成荫的溪流，鲜明地呈现在玻璃般清澈的天空中，像一幅画作，大地的美在轻声述说着它充满渴望的话语，却不在意是谁在聆听。

　　对我来说，这一切总是如此不可捉摸却又奇妙无比，令人神往，甚于白天以及人类心灵需要面对的所有问题和行为：山峰是如何高耸入云的，空气是如何静静地悬停在山谷中的，黄色的桦树叶是如何从枝头滑落的，候鸟是如何穿过蓝天迁徙的。那一刻，永恒的神秘抓住了人们的心，人们既觉得羞愧又觉得甜美无比，这使他们愿意抛开所有的傲慢，放弃平日那对不可名状之物的夸夸其谈。但这并非屈服，而是感激地接受一切，作为宏观世界的一个旅客，感到满足和自豪。

（摘自《秋天的一次徒步旅行》，1906）

§

深秋是一位伟大的画家，我并不是指他从十月手中接过的红色和黄色的绚烂，而是那些在明亮的银灰色天空中光秃的纤细枝条，像丝绒一样疲倦，暗淡的草场斜坡，还有那些可怜而羞涩、失去闪耀之力的太阳的目光，它们幽灵般静悄悄地在潮湿的雾气中环绕树木潜行，又黯淡而怅然若失地从窗户玻璃上折射回来。这一切被抹上了多么温柔、精细而微妙的色调啊！

（摘自《致伊丽莎白的信》，1901）

§

十月（1908）

穿上了它们最美丽的衣裳
所有树木披挂上了黄色和红色，
它们死得轻松，
它们对痛苦一无所知。

秋天，冷却了我炙热的心，
使它跳动得更加柔和
静静地度过金色的日子
迎来冬天。

§

对我来说，树木一直是最具有说服力的传教士。无论它们是生活在人群或家庭之中，还是生活在森林或小丛林里，我都崇敬它们。而当它们独自生活时，我更崇敬它们。它们不属于那些出于某种软弱而逃避的隐士，而属于伟大、孤独的人，就像贝多芬和尼采。世界在他们的枝头沙沙作响，他们的根须休憩在无限的空间里；但他们没有迷失其中，而是用尽生命的全部力量只为一件事而努力：践行自己的居住法则，发展自己的形式，展示自己。没有什么比一棵美丽、强壮的树更神圣，更可作为典范的。当一棵树被锯倒，在阳光下赤裸裸地露出它的死亡伤口时，人们可以从它的树桩或者说墓碑的切口上清楚地读到它的全部故事：在年轮和畸形的结节里，所有的斗争、所有的痛苦、所有的疾病、所有的幸福和繁荣都被忠实地记录下来，消落的岁月和茂盛的岁月，经受过的攻击，忍受过的风暴。每一个农家孩子都知道，最坚固和珍贵的木材拥有最紧密的年轮，在高山上或者在那些永远危险的地方，生长着最坚不可摧、最强大、最可作为典范的树干。

树是神殿。谁知道如何与它们交谈，谁知道如何倾听它们，谁就能学到真理。它们不宣扬教义和秘方，而是宣扬生命的原始法则，无关个体。

一棵树说：在我身上隐藏着一个核心，一束火花，一种思想，我的生命来自永恒的生命，是永恒母亲冒险进行的一次唯一性的尝试和投掷。我的形态和我皮肤的脉络是独一无二的，我树梢上最小的叶子的跳动和我树皮上最小的疤痕是独一无二的。我的职责是使永恒在鲜明的独特性中成型，并展示出来。

一棵树说：信仰就是我的力量。我对我的父亲一无所知，我对每年从我身上出生的千万个孩子一无所知。我带着种子的奥秘活到最后，其他的都不是我需要关心的。我相信神灵就在我内心。我相信我的使命是神圣的。我活在这种信仰中。当我们觉得悲伤，生活的重担让我们无法承受的时候，一棵树会对我们说：要平静！要平静！要平静！看着我！生活不易或者生活不难，这些都是孩子的想法。聆听你内心神灵的话，它们便会缄默。你害怕，是因为你走的路使你远离了母亲和家园。但走过的每一步、度过的每一天都会使你距离你的母亲更近。家园在你内心，而不在别的任何地方。

傍晚时分，当我聆听树木在风中沙沙作响的时候，对流浪的渴望就从我内心割裂了。如果你长时间安静地倾听，对流浪的渴望便也显示出它的核心和意义来。它并不是像表面上那样，渴望逃离痛苦。它是对家园的渴望，对母亲的纪念，对新的生命寓言的渴望。它把我引向家园。每条路都通往家园，每一步都是出生，每一步都是死亡，每一个坟墓都是母亲。

傍晚时分，当我们因为自己孩子般的想法而感到害怕的时候，树木在沙沙作响。它们会长久地思考，

绵长而从容，仿佛它们拥有比我们更长的生命。我们不听从它们，它们就比我们更具智慧。但是，一旦我们学会倾听树木，我们的思维就会变得非常快速和简洁，获得无与伦比的快乐。学会倾听树木的人，不再渴望成为一棵树。他只想成为他的本真。这就是家园。这就是幸福。

（摘自《漫游》，1918）

§
秋天的树

仍在拼命地与十月里寒冷的夜晚
争夺他的绿衣
我的树。他爱他的绿衣，他为它惋惜，
他穿着它度过了很多个快乐的月份，
他想要留着它。

又是一个夜晚，又是
艰难的一天。树木渐渐衰弱
不再抗争，放松了它的四肢

将自己交付给了陌生的意志，
直到它将他完全驯服。

现在它露出了金色和红色的笑容
休憩在蓝色中，感到深深的幸福。
当他倦怠地将生命献给死亡，
秋天，温和的秋天
就为他装点上了新的庄严。

§

童年的记忆在我周围支离破碎。父母略带窘迫地
看着我。姐妹们已经变得完全陌生了。幻灭感扭曲了
我所熟悉的情感和欢乐，使之失去了光泽。花园没有
了芬芳，森林不再诱人，我周围的世界，就像出售旧
物的卖场，平淡乏味，书籍只是一沓沓纸张，音乐只
是嘈杂的声音。就像秋天里的一棵树，感受不到周围
的落叶，也感受不到雨水正沿着它的躯体流淌，或者
日照，或者霜冻，在它身上，生命正慢慢地回撤到最
狭窄和最深处。它并没有死去。它在等待。

(摘自《德米安》，1917)

§

　　如果在字典里查阅关于犹大树的内容，就会一头
雾水……因为没有一个字提到犹大或救世主！它是这
样描述的，这种树属于豆科植物，学名为南欧紫荆，
原产于欧洲南部，在不少地方被当作一种观赏性灌木。
此外，它也被称为"假角豆树①"。天知道真犹大和假
约翰是怎么混为一谈的！而且当我读到"观赏性灌木"
这个词的时候，遗憾中又不禁觉得好笑。观赏性的灌
木！那是一棵树，一棵巨大的树，树干那么粗壮，比
我最强壮的时候还要粗壮，它的树梢从花园的深谷里
向上攀升，几乎长到了我小阳台的高度，真是个好小
子，真是一根名副其实的桅杆！哪天它在暴风雨中像
一座古老的灯塔一样轰然倒下时，我可不愿意站在这
棵"观赏性灌木"底下。

　　这最后的时刻本就无可称道。忽然之间，夏天像
是病倒了，人们预感到它即将消逝，在正式入秋后的

---

①假角豆树, faslches Johannisbrot, Johannisbrot 这个名称的来
源有两种传说：一是据说圣约翰教团参与了角豆树的传播，二
是据说施洗者约翰在沙漠中逗留期间以角豆树的果实和种子
为食。——译者注

第一个雨天，我无奈安葬了我最亲爱的朋友（不是树，而是一个人），从那时起，伴随着清凉的夜晚和频繁的降雨，我的身体再也没有真正地暖和起来，于是我急切地思考着离开。这里弥漫着秋天、衰败、棺木和墓地花圈的气味。

一天晚上，某次美洲海洋飓风的余波带来了一场剧烈的南方风暴，摧毁了葡萄园，撞倒了烟囱，拆毁了我的石头小阳台，在最后的几个小时里，连我那棵老犹大树也被带走了。我还记得，我年轻时是多喜欢豪夫和霍夫曼的那些精彩的浪漫小说里描绘的阴森恐怖的风暴！啊，就像这样，那么剧烈，那么阴森恐怖，那么狂野、令人窒息，密实的热风仿佛来自沙漠，闯入了我们平静的山谷，带来一场美洲式的混乱。那是一个可怕的夜晚，夺走了人们每一分钟的睡眠，除了小孩，整个村子没有人能安睡，到了早上，到处都是破碎的砖瓦、破裂的窗玻璃和弯曲的藤蔓。但对我来说，最糟糕的，也是最无可挽回的损失，是那棵犹大树。之后肯定会再种上一棵年幼的犹大树，把它当成兄弟，但恐怕等不到它有前任的一半大，我就已不在了。

最近，在绵绵的秋雨中我安葬了我一个亲爱的朋友，当我看着棺木消失在湿漉漉的洞穴里的时候，内心获得了一种慰藉：他找到了安宁，他离开了这个对他来说并不美好的世界，他摆脱了挣扎和忧虑，踏上了彼岸。但对于犹大树，我却没有感受到同样的慰藉。只有我们这些可怜的人类，当我们中的某一个下葬的时候，可以聊以自慰地说："嗯，这对他来说是最好的归宿，让人羡慕。"而对我的犹大树，我却不能这么说。它当然不想死，即便到了高龄，它依然会热情洋溢地、自豪地、年复一年地开出数百万朵光芒四射的花朵，快乐而忙碌地把它们变成果实，把绿色的果荚从褐色变成最后的紫色。从来没有人，它看着其他生命一个个死去，会羡慕它的死。也许它并不在意我们。也许它认识我们，甚至认识犹大。现在它巨大的遗体躺在花园里，它的坠落压死了一批正在生长中的更小、更年轻的植物。

（摘自《老树挽歌》，1927）

秋日郊游

傍晚之后
秋日的阳光变换了轨迹，
从湖面上反射着
金属般刺眼的光芒。

白色的山峰，
冰冷的光泽；
山峦之间刮起了风
吹落了枝条上的树叶。

对着风和阳光
双眼已不起作用，
任由遥远的记忆
述说着。
流浪的快乐
青年时代的
铃声响起
从遥远，遥远的那头传来……

§

现在，他在秋日的田野上到处奔跑，屈服于这个季节的影响。残存的秋意，悄然飘落的树叶，枯黄的草地，清晨的浓雾，植物成熟、倦怠的死亡意愿，使他像所有的病人一样，陷入沉重、无望的情绪和悲伤的思绪中。他渴望与它一起流逝，与它一起入睡，与它一同死去，然而他的青春却与此相悖，它默默地、顽强地眷恋着生命，这让他感到痛苦。

他看着树木变黄，变褐，变得光秃秃的，还有从森林里飘出来的乳白色雾气，还有那些花园，在最后一次丰收后，已了无生气，不会有人再去看那些五颜六色开败的紫菀，还有那条河流，已经没有人再去那里洗澡或者钓鱼，它被枯叶所覆盖，只有顽强的制革工还逗留在那寒冷的岸边。数日来，河面上漂浮着大量水果残渣，因为葡萄酒压榨机和所有的磨坊现在都在忙着压榨果汁，整座城市弥漫着果汁淡淡发酵的香味。

在城市下方的磨坊里，鞋匠弗莱格也租了一台小压榨机，并邀请汉斯来榨果汁。在磨坊的前院，放置着大大小小的压榨机、马车、装满水果的篮子和麻袋、双把大木桶、盆形大木桶、提桶和圆桶，堆积的褐色水果残渣、木制把手、手推车和空车。榨酒机在工作，吱吱作响，发出尖锐刺耳的声音，好像在呻吟和抱怨。它们大多数被涂成了绿色，这种绿色与水果残渣的棕黄色、苹果篮子的颜色、浅绿的河流、赤脚的孩子和秋日晴朗的阳光组合在一起，给每个看到它们的人留下了充满欢乐、享受生活和物产丰裕的迷人印象。苹果被压碎时发出的脆响听起来既酸涩又开胃；有谁路过听到了，一定会抓起一个握在手里，咬上一口。从管子里流出一股股新鲜甜美的果汁，红褐色的，在阳光下欢笑着；有谁路过看到了，一定会要过一个杯子，赶紧尝上一杯，果汁的味道使他止住了脚步，双眼湿润，感觉到一股甜美和幸福流经全身。空气中充盈着这种甜美的果汁香气，弥漫着快乐、强烈、美味的气味。这种气味实际上是一整年中最美好的，象征了成熟和收获，在冬天来临之前能像这样吸取它的芬芳，是很美好的事情，人们便会由此怀着感激之情想起许多美好的事情；五月温柔的小雨，夏天轰鸣的暴雨，秋天凉爽的晨露，春天温柔的阳光，夏天炙热的火焰，闪耀着白色和玫瑰红光芒的花朵，还有丰收前果树成熟的红褐色光辉，以及在季节交替过程中所有的美丽和欢乐。

§

　　安静、使人困倦的日子！树叶已不再掉落，夜间的风暴也已经过去，又迎来了阳光明媚的天气。天空呈现出温和的淡蓝色，轻薄的白色、紫色的条纹状云朵，像是用秋天的丝线编织而成。在高大的杨树顶端，残存的金黄色的树叶仍在飘动，在森林里，潮湿的棕红色落叶下面，苔藓依旧翠绿而柔软。所有的色彩都更温和，更紧密地组合在一起。只要有阳光照耀的地方，万物再次变得生机勃勃、美丽而可爱。秋天是富饶的，到处都是庄稼、美酒和水果；摆脱了沉重的负担后，辽阔的耕地安静地栖息在清澈的阳光下，大地变得更加广阔，更加自由，在柔和的色彩中焕发着光芒，轻柔地伸展着，散发着解脱的气息。
　　也许我那颗永不知足的渴望之心现在学会了放松，学会了放手，学会了解脱、学会了欣赏秋天和获得安宁。我既希望如此，也不希望如此。安宁是甜蜜而令人渴望的，而暴风骤雨的实质却更甜蜜而珍贵。

（摘自《盖特露德》第一稿，1906/1907）

§

枯叶

每一朵花都会变成果实，
每一个清晨都会变成夜晚，
世间永恒的
无非是变化，逃离本身。

即使是最美丽的夏天
也总要感受秋天和枯萎。
请等等，树叶，再耐心一点，
如果风想把你带走。

尽情玩耍吧，不要抵抗，
静静地由着它。
让折断你的风
带你回家。

§

深秋漫步

秋雨冲刷着灰白色的森林，
清晨寒冷的风令山谷颤抖不已，
栗树的果实重重地落到地上
裂开来露出棕色而潮湿的笑容。

秋天在我的生命中激荡
风扯动了破碎的树叶
摇动了一根又一根的枝条——果实在哪呢？

我绽放出了爱情的花朵，结出的果实是痛苦。
我绽放出了信仰的花朵，结出的果实是憎恨。
风扯动我瘦弱的枝条，
我嘲笑它，也经受住了狂风。

我的果实是什么？终点是什么！——我绽放，
绽放是我的终点。此刻我枯萎了，
枯萎是我的终点，没有别的，
为心灵设置的终点是短暂的。

神灵在我心里活着，神灵在我心里死去，神灵
在我的胸中经受着折磨，这已经足够作为我的终点。
正道或者歧途，花朵抑或果实，
万物都是一体的，只是名称不同。

清晨寒冷的风令山谷颤抖不已，
栗树的果实重重地落到地上
努力露出灿烂的笑容，而我也一起笑着。

§

秋夜

啊，深秋的夜啊！天已经黑了几个小时了，山村
横卧在对岸的湖面上，窗户透出红色的灯光，雨水、
云雾、风暴和黑暗阻隔了我们，也使它们彼此相隔。
每当风暴带走低垂的云层，它们便会闪现，然后再次
消失。我熟知和喜爱每一个村庄，它们是我的朋友和
记忆。在那儿，和朋友们一起喝酒消磨周日！在那儿，
躲在雾气弥漫的窗户后面，和店主、店主的孩子一起
闲谈，咒骂那些阴雨绵绵的午后。在那儿，潮湿、蓝

色的傍晚，在葡萄园边上做着美梦，看着星星闪烁，听着村庄里音乐飘扬，看见苍白的烟囱中冒出轻柔的烟雾，从杨树和果树的黑色树冠后面升起！

炉子虽然早已熄灭，但仍微微散发着暖意，猫睡在烤洞里，时不时醒过来几分钟，随后又开始打呼噜。墙上摆放着我的书，上千本书的书脊宽窄不一。我走到窗前，将潮湿的窗玻璃擦净，湖对岸，村庄紧挨着山丘，窗户里透出柔和的灯光，每个村庄都承载着一段记忆。

世界寂静无声，只有布谷鸟钟的钟摆声、窗前细微的滴水声，以及这里那里不时传来猫儿温柔、困倦的呼噜声。就像人们在这些漫长的夜晚喜欢做的那样，我沉浸在回忆里，翻阅年轻时写的信件、日记和诗歌。那时的我多么不同啊！我读到：

——从那晚起，我才知道生活就像沉睡者被梦境唤醒后激动的动作，像小浪的涌动，像半睡半醒的人模糊不清的说话声，几乎不值得为之活着。

当你俯身，精致而令人宽慰的女性脸庞出现在我炙热的眼前时，你多美啊！当你和我一起听着老歌，沉浸在记忆里的时候，你静静地弯腰向前，将深

邃的目光转向黑夜，童话般的金发松散地垂挂在你
明亮、脱俗的眉额上。当你低垂了脑袋，洁白的左
手默默地找寻着我的手。这样的你多美啊！

　　这是在我刚过二十岁的一个深秋之夜写下的，那
时我怀着一种情感，我是在用这些文字向青春告别。
我感觉很糟糕，我所经历的只有失望。晚上我坐在阁
楼里，无法入睡，写下悲伤的诗歌，却全然不知，正
是在这种忧郁中，我正在经历着青春时最甜蜜的一种
快乐。现在读来，当年写的一切都是那么奇妙，或许
有些可笑，但却那么甜蜜而悦耳，从那时起，在我
心里就再也没有响起过同样甜美而悦耳的声音。
——你多美啊！
　　那里放着我的上千本藏书，都是在多年艰辛的荒
年中慢慢积攒起来的，是美丽的宝库，蕴含着珍宝。
它们被安放在坚实的木架上，不用再像以前那样，凌
乱地堆在地板上、床上或者沙发上。墙上挂着几幅好
画。巨大的炉子，我想让它烧多久就烧多久，不需要
再为了省钱计算木头的数量。地窖里甚至还储藏了一
桶美酒，我还在桶孔上装了一个便捷的龙头。旧锡盒
里也装满了足够多的烟草。我生活得很好，非常好；

我的猫甚至都变胖了，她想喝多少牛奶就喝多少。

　　但是，自从树林染上了红色，湖水在秋天的风暴中闪烁，变成了像树叶一样的绿色和海一样的蓝色，自从炉子变得舒适，自从我将帆船从湖岸拖回，放置在屋顶下，我就经常对这种舒适的生活感到愤怒。黄昏时分，每当我走向湖边，就能听到船坞边上的杨树发出轻柔的沙沙声，潮湿的风迅速将我包围，然后吹向湖面，呼啸着掠过激荡的水面。我的灵魂在身体里感到了痛楚，我不再是一个孤独的流浪者，我愿意用我这幢小房子和幸福换取一顶旧帽和一方背包，再次迎向世界，带着我的思乡之情去跋山涉水。

　　昨天，屋子里只有我一个人还醒着，风迅疾地拍打着窗户，整个夜晚，云层急切而渴望地从小教堂塔上面飞过，我再也坐不住了。于是悄悄地拿起外套、帽子和手杖走了出去。暴风雨在高空呼啸，湖水在黑暗中不安地晃动，村子里没有一扇窗户还有光亮，只有岸上的边防哨兵，将身体紧紧地裹在厚大衣里，竖起领子，不情愿地来回踱步。当我来到第一处高地的时候，展示在我眼前的是黑色的土地和湖泊，大海，它们延伸到了极远处，在它们后面铺展开来的是苍白的天空，厚重的云层在天空中聚集。绵延的山脉在睡梦中俯身弯腰，梦幻般的苍白山峰高耸入云。我的心中涌起了一阵广阔而剧烈的波涛，仿佛我的整个青春时代裹挟着全部的自由和力量向我袭来，将我从地面抬起，卷入一片闻所未闻的广袤天地。啊，你这片森林，你这片寂静的黑色森林，还有你这座面朝大海，在水中沉睡的岛屿！啊，你们这些远方的山脉！不经意间，我进入了流浪的状态，仿佛要去到所有的远方，而那些被夜色所笼罩的区域，就像隐蔽在我周围的一个童话王国。一个小时后，我来到了第一个十字路口。我停下来笑了，想到我的妻子和我的房子，想起我匆忙离开时没有熄灭的灯火。只要灯油足够，它就能一直亮着，灯光会照在发黄的旧书页上，照在桌子和墙壁上，透过窗户射进沉睡的村子。

我知道我明天就得回去，我那火热的流浪之情开始慢慢地在我内心泛起了涟漪。这美丽的夜晚是属于我的，我不想抗拒，因为它就在眼前等待着我。当我站在十字路口犹豫不决时，一种强烈的思乡之情牵动着我。我知道，在我面前，在森林和那片广阔的山丘后面有一座老城，里面有一座圆形塔楼，我已经向往很久了，却在很长一段时间里都不敢去，因为那里封存着我一段美丽的青春往事，等我回去，以激起我的思乡之情。而这个夜晚，似乎是一个很好的时机。我行走在美丽的山路上，穿过树林和草地，在城门前坐下，休息了一会儿，听着泉水的声音，喝了一口清凉的泉水，就再次跑开了，在清晨第一缕阳光降临，将那些熟识的房子从酣睡的美丽夜色中唤醒之前，我就已经回家了。我感觉自己像是做了一件错事。

在回家的路上，我陷入一种特别的情绪里，想到了过去的岁月，想到了那座有着圆形塔楼的老城，想到了我在那里曾经经历的一切。没什么好说的，一个简单而美好的爱情故事，我却不无愧疚，它的阴影笼罩了我整个青春岁月。我朝着村子的方向走着，穿过黑夜中的世界，像沉浸在梦境中一般，翻过高山，越过幽暗的湖面。我半睡半醒的思绪飘向远方，渐渐浮现出各种女性的形象，我曾在年轻的时候跪倒在她们面前，把我最珍爱和最美好的一切献给她们，只是为了更接近生活的本质，只是为了找到应对我内心黑暗声音的答案。所有这些试图进入爱之国度的尝试又是怎样结束的啊！没有一次得到正确答案，没有一次是愉快或让人可以看见希望的，大多数情况伴随着悔恨与内疚。

我知道，几乎所有我认识的朋友都一样，我也能在陌生人身上看到相同的情况。没有人会因此而死。随着我们年岁的增长，我们成熟了，从发间摘下了花环，找到了属于自己的平静。但女人们呢，那些女孩，我们曾经如此渴望围绕在她们身边，是她们赠予了我们第一缕爱的晨光。当我们离去的时候，她们在想什么？当充满美好梦想的青年时代结束，她们对我们中的最后一个追求者伸手说出"我愿意"的时候，她们又在想什么？我们男人有上百件事情可以做，创作、研究或者工作，我们有职务、工作和创作的乐趣——而她们女人有什么，她们只能生活在爱中，期盼获得爱情？第一位年少而羞涩的追求者曾经向她们承诺的、虚构的谎言，后来者却很少能兑现。

　　暴风雨嘈杂地撞击着我，将雨水和坚硬的枯叶甩到我的脸上。我挣扎着向前走着，和这些哀叹告别，将这些未解之谜抛诸脑后。我思考着，我们这些大胆、放肆的男孩希望生活给予我们的正当权利，令人绝望的是最终实现的却很少！然而，生活依旧是美好的，每天都以神圣的力量触动我们的心。也许对那些内心充满爱的可怜女人来说也是如此。人们向她们许诺童话般美丽的森林和月光下的花园，她们最后得到的却是一块荒芜的农田，上面长着小草而非玫瑰。她们却

把它们扎成一束，放在窗前，傍晚时分，当黑暗遮蔽了色彩，风从远处吹来了歌声，她们抚摸着那一束草，微笑着，仿佛它们就是玫瑰，仿佛外面的农田就是童话中的花园。

够了，够了！灯盏为何依旧燃烧？明天我还可以继续读我青春时代写下的诗歌，我的妻子会陪在身边和我一起阅读，如果同样的问题和忧虑再次出现，她会知道答案的。

(1904)

§

在壁炉边与孩童为伴

秋天已经来临，
我们躺在炉边
看着炉火泛着红色的微光
冒出欢乐的火花。

它们在闪烁中舞动
直到它们累了

消失在黑暗中，
消失在云雾、夜晚和风中。

我们看着，沉默着
火苗噼啪作响，
在无声的轮舞中
冒出无数火花
它们欢呼着遁入黑夜里。

§

深秋

整个花园现在空荡荡的，
果实已储存起来
晚开的玫瑰显出倦意
昔日的它们却色彩斑斓。

很快，很快
我的秋冬季节即将来临：
那么多日子里鲜花为你绽放，
现在我们就来看看收成！

我不幸地站着，却不再知道，
我的心为何而燃烧，
我的心里可能不会
有迟来的玫瑰盛开。

我要把它摘下，插在帽子上，
路途从不曾远离我，
我会带着它那小小的亮光
一同踏入黑暗。

§

一位陌生男士昨天来拜访我，告诉我明年就是我的五十岁生日；他之所以来访，是想请我跟他说说我的生活琐事，以便他到时候写一篇贺文。我告诉他，我很感激他为我费的这番心思，但我没有什么可说的，他这样做，就像一个陌生人来到一个垂死之人的身边，提醒他即将死去的事实，并递给他一份殡葬公司推荐的棺材目录一样。我拒绝了这位陌生男士的请求，但却无法摆脱留在我舌头上的坏滋味。现在已经是秋天

了，空气中弥漫着灰白的头发、纪念日和墓地的腐朽
气息。

（摘自《秋天——自然与文学》，1926）

§

顷刻之间

从我生命之树上落下
一片片树叶，
令人陶醉的斑斓世界啊，
你令我如此满足，
你令我如此满足却又疲惫，
你令我如此沉醉！
现在依然闪耀的事物，
很快就会被人遗忘。
很快风会窸窣吹过
我棕色的坟墓，
面对这个弱小的孩子
母亲俯下身来。
我想再看看她的眼睛，

她的目光是我的星辰，

其他的一切都会离去、消逝，

一切都会死亡，一切都乐于死亡。

只留下永恒的母亲，

我们从她而来，

她用轻巧的手指

在这短暂易逝的天空里写下我们的名字。

§

给一本诗集的献词

I

已不再朝气蓬勃，

轮舞染上了秋意，

然而我们不想沉默：

早晨响起的歌曲，依然会在夜晚响起。

II

我曾写下了许多诗句，

剩下的虽寥寥无几，
却依旧是我的冒险和梦境
秋风吹动枝条，
树叶在生命之树上飘舞
为丰收庆典染上缤纷的色彩。

Ⅲ

树叶从树上飘落，
歌曲从生命的梦境中
轻而易举地消逝；
许多歌曲已经沉寂，
自从我们第一次将它们唱起，
温柔的旋律。
歌曲也终有一死，
没有哪首会永远一再唱响。
风会带走一切：
花朵和蝴蝶，
它们是永恒之物
转瞬即逝的寓言。

§

在深秋时节，我每天都会收到半沓子不得不读的书，这可真是一件吃力不讨好的苦差事，所以我经常问自己，我这么忙碌到底是为什么，眼睛酸痛，工作过度，却对别人没有什么用处，也不能靠它赚取什么。一旦我找到一个称职的年轻副手，特别是一旦我确信不会再以某种方式扼杀和出卖我所赢得的自由——那么我就会把这些琐事抛到一边。但目前我还没有准备好；我还没有满足于我的生活，对它仍然充满渴望，除了大量的旅行之外，我仍然需要紧张的工作来麻醉自己。但很快我就要对书本感到厌烦而无法继续下去了。

(摘自《致威廉·弗里克的一封信》，1910.11.20)

§

十一月（1914）

森林任由树叶凋落，
山谷里雾气凝重，

河流不再闪烁，
森林里没有了潺潺的溪水。

暴风雨呼啸而来，
吹动了轻盈的发丝
凭借强劲有力的动作
将雾气从大地驱散。

§

亲爱的朋友！

　　您的汇报人此刻已经重新回到了酒店客房里，床边备好了一碗粥，当然，床头柜上放满了书，另一张桌子也是，行李箱里也有一些。人们又能从书本里获得乐趣了，它们不再像战争刚刚结束时那样令人失望。英文类书籍的制作方法有了进步，人们喜欢小开本的装帧，必要时就能放进大衣口袋里随身带着，那些厚厚的大部头，他们会找薄纸印刷的版本，便于"消化"。……我很想问问某个出版社，近年来出现的，在每一页都重复印上书名的坏习惯是从哪里来的。我想是来自美国吧？没有什么比这更没用的了。当然，如今很多的人已经没有能力或兴趣去记住一本书的书名哪怕超过一分钟。但这些无望的人本来就不看书，他们是商品制造商或者运动员，如果图书出版商认为他们有必要考虑这些精神上最贫瘠的人，那是错误的。还有那些真正愿意读书的少数人——他们在阅读《堂吉诃德》或《绿衣亨利》时，真的需要每隔两分钟就提醒他们一次书名吗？……

至于……我自己的书，亲爱的朋友，我仍然和以前一样热衷于我的游戏，一年多来，我一直带着画稿，对它的操心程度远超我的肠胃，但我也因此获得了更多的快乐。只要我还能起来，秋日尚不至于太沉闷的时候，我就会打开我的颜料盒，往酒店客房里的奥多杯里装满水，在画稿上作画、写作。虽然正在远东旅行的女友给我写了许多充满吸引力的来信，但我还是觉得有些孤独——不过只靠粥和信件生活，长远来看并不算什么。……

刚才，一个穿着黑色衣服的漂亮女孩过来，给我送来了芦苇和玫瑰果茶，并且帮我整理了床头柜上的书籍。看啊，她还带来了别的东西。她又出去了一趟，回来时带着一束菊花，红紫相间，是特地送给我的。在我看来，对于病房来说，它们显得太隆重、太富有装饰性了。等到有人去世时再把它们放置在床上，才更适合。它们太庄重，卷曲的脑袋硕大又沉重。好了，夏天的花期已经结束了。让我们喝喝茶，试着睡会儿吧。

（摘自《致读者的一封公开信》，

刊登于《德累斯顿最新快讯》，1928.11.7）

§

把你金色的脑袋放在我的肩头，我可怜的缪斯！我看到你美丽的额头上忧伤的淡淡细丝，我看到你弯曲脖子时疲惫而病态的动作，我能读到你清澈白皙的太阳穴上血管细微、精密的跳动。

来吧，哭泣吧！这就是秋天，是对青春不可阻挡的流逝最后的、令人颤抖的提醒。你也可以从我的眼睛里读到它，它也写在了我的额头和手心，比你额头和手心的印迹更深，这种净化一切、令人抽泣的痛楚也在我心里疾呼：来得太快了，太快了！

来吧，哭泣吧！我们还没有走到尽头，趁我们还能哭泣。我们要用所有的关爱去守护这些泪水和哀悼。

也许在这些泪水的背后是我们的珍宝，我们的诗歌，
我们期待的伟大歌曲。

（摘自《赫尔曼·劳歇尔诗文遗稿》，1900）

§

十一月（1921）

现在万物即将给自己披上面纱、褪去色彩，
雾蒙蒙的日子里，恐惧和忧虑正在酝酿，
暴风雨之夜过后的清晨，冰面咯咯作响，
哭泣着告别，世间已充斥着死亡。

你也必须学会死亡、学会放手，
知道如何死亡是一门神圣的学问。
为死亡做好准备——并沉醉其中
你的生命便会踏入更高的层次！

§

秋天意味着一个人对自己或他人生活的回顾，秋

天意味着往事，秋天意味着追思之情。

§

花枝

花枝总是来来回回
在风中挣扎，
我的心总是忐忐忑忑，
像孩子一样
在明亮与黑暗的日子中，
在想要和断念之间。

直到花朵随风吹散
树枝上结满果实，
直到心厌倦了童年，
拥有了宁静
并承认：生命中不安的游戏充满欲望
但也并非徒劳。

§

　　他站起身来，走到窗前，抬头看去，在飘浮的云层之间，随处可见深邃而清朗的条纹状夜空，布满星辰。由于他没有立即回来，客人便也站起身，来到窗前和他站在一起。大师站着，向上凝视，在有节奏的呼吸之间享受着秋夜稀薄、凉爽的空气。他手指向天空。

　　"看啊，"他说，"在这幅云层构成的风景中，布满了天空的条纹！"乍一看，人们会认为最黑暗的地方是宇宙的深处，但马上就会发现，那些黑暗和柔和的地方只是云层，而宇宙深处却始于这些云层山脉的边缘和峡湾，终于无边无际，星辰散布其间，如此庄严，对我们人类来说是清晰和秩序的最高象征。云层和黑暗所在之处，并非宇宙的深处，那里也没有宇宙的奥秘；宇宙的深处存在于清晰和明朗之中。如果允许，请接受我的请求：请在上床睡觉之前，凝视一会儿这些布满星辰的海湾和海峡，不要拒绝它们可能带给你的思想或梦境。……睡前看一看星空，听一听音乐，这比所有的安眠药都好。

（摘自《玻璃球游戏》，1943）

书目

全书文本选自赫尔曼·黑塞:《黑塞全集》 (*Sämtliche Werke in zwanzig Bänden und einem Registerband*,共二十卷,附索引一卷),由福尔克尔·米歇尔斯(Volker Michels)编辑,苏尔坎普出版社 (Suhrkamp Verlag),2000—2007。

本书中文简体字版版权,浙江文艺出版社独家所有
版权合同登记号:图字:11-2023-105号

图书在版编目(CIP)数据

黑塞四季诗文集.秋 /(德)赫尔曼·黑塞著绘;
(德)乌尔丽克·安德斯编;楼嘉译. -- 杭州:浙江文
艺出版社,2024. 8(2025.3重印). -- ISBN 978-7-5339-7639-2

Ⅰ. I516.15

中国国家版本馆CIP数据核字第20241EV465号

策划编辑	沈 逸	封面设计	山川制本 workshop
责任编辑	周 易	内文版式	吕翡翠
责任印制	吴春娟	数字编辑	姜梦冉 诸婧琦

黑塞四季诗文集:秋

[德]赫尔曼·黑塞 著绘 　　[德]乌尔丽克·安德斯 编 　　楼嘉 译

出版发行	浙江文艺出版社
地　　址	杭州市环城北路177号
邮　　编	310003
电　　话	0571-85176953(总编办)
	0571-85152727(市场部)
制　　版	浙江新华图文制作有限公司
印　　刷	浙江新华数码印务有限公司
开　　本	787毫米×1092毫米　1/32
字　　数	57千字
印　　张	3.625
插　　页	4
版　　次	2024年8月第1版
印　　次	2025年3月第4次印刷
书　　号	ISBN 978-7-5339-7639-2
定　　价	52.00元